Seda

Alessandro Baricco

Seda

Traducción de Xavier González Rovira
y Carlos Gumpert

EDITORIAL ANAGRAMA
BARCELONA

Título de la edición original:
Seta
© R.C.S. Libri & Grandi Opere S.p.A.
  Milán, 1996

Diseño de la colección:
Julio Vivas
Ilustración de Ángel Jové

Primera edición: mayo 1997
Segunda edición: julio 1997
Tercera edición: septiembre 1997
Cuarta edición: octubre 1997
Quinta edición: noviembre 1997
Sexta edición: noviembre 1997
Séptima edición: diciembre 1997
Octava edición: febrero 1998
Novena edición: abril 1998
Décima edición: mayo 1998
Undécima edición: octubre 1998
Duodécima edición: diciembre 1998
Decimotercera edición: abril 1999
Decimocuarta edición: mayo 1999
Decimoquinta edición: octubre 1999
Decimosexta edición: enero 2000

© EDITORIAL ANAGRAMA, S.A., 1997
  Pedró de la Creu, 58
  08034 Barcelona

ISBN: 84-339-0840-5
Depósito Legal: B. 1461-2000

Printed in Spain

Liberduplex, S.L., Constitució, 19, 08014 Barcelona

Aunque su padre había imaginado para él un brillante porvenir en el ejército, Hervé Joncour había acabado ganándose la vida con una insólita ocupación, tan amable que, por singular ironía, traslucía un vago aire *femenino*.

Para vivir, Hervé Joncour compraba y vendía gusanos de seda.

Era 1861. Flaubert estaba escribiendo *Salammbô*, la luz eléctrica era todavía una hipótesis y Abraham Lincoln, al otro lado del océano, estaba combatiendo en una guerra cuyo final no veía.

Hervé Joncour tenía treinta y dos años.

Compraba y vendía.

Gusanos de seda.

Para ser más precisos, Hervé Joncour compraba y vendía los gusanos de seda cuando ser gusanos de seda consistía en ser minúsculos huevos, de color amarillo o gris, inmóviles y aparentemente muertos. Sólo en la palma de una mano se podían sostener millares.

«Es lo que se dice tener una fortuna al alcance de la mano.»

A principios de mayo los huevos se abrían, liberando una larva que, tras treinta días de enloquecida alimentación a base de hojas de morera, procedía a recluirse nuevamente en un capullo, para evadirse luego del mismo definitivamente dos semanas más tarde, dejando tras de sí un patrimonio que, en seda, se podía calcular en mil metros de hilo en crudo y, en dinero, en una buena cantidad de francos franceses; siempre y cuando todo ello acaeciera según las reglas y, como en el caso de Hervé Joncour, en alguna región de la Francia meridional.

Lavilledieu era el nombre del pueblo en que Hervé Joncour vivía.

Hélène, el de su mujer.
No tenían hijos.

Para evitar los daños de las epidemias que cada vez más a menudo sufrían los viveros europeos, Hervé Joncour se lanzaba a comprar los huevos de gusano de seda más allá del Mediterráneo, en Siria y en Egipto. En esto consistía la parte más exquisitamente aventurada de su trabajo. Cada año, a principios de enero, partía. Atravesaba mil seiscientas millas de mar y ochocientos kilómetros de tierra. Seleccionaba los huevos, discutía el precio, los compraba. Después, retornaba, atravesaba ochocientos kilómetros de tierra y mil seiscientas millas de mar y volvía a Lavilledieu, generalmente el primer domingo de abril, generalmente a tiempo para la misa mayor.

Trabajaba todavía dos semanas más para preparar los huevos y venderlos.

Durante el resto del año, descansaba.

—¿Cómo es África? —le preguntaban.

—Cansa.

Tenía una gran casa en las afueras del pueblo y un pequeño taller en el centro, justo frente a la casa abandonada de Jean Berbeck.

Jean Berbeck había decidido un día que no hablaría nunca más. Mantuvo su promesa. Su mujer y sus dos hijas lo abandonaron. Él murió. Nadie quiso su casa, así que ahora era una casa abandonada.

Comprando y vendiendo gusanos de seda, las ganancias de Hervé Joncour ascendían cada año lo suficiente como para procurarse a sí mismo y a su mujer esas comodidades que en provincias se tiende a considerar lujos. Gozaba discretamente de sus posesiones y la perspectiva, verosímil, de acabar siendo realmente rico le dejaba completamente indiferente. Era, por lo demás, uno de esos hombres que prefieren *asistir* a su propia vida y consideran improcedente cualquier aspiración a *vivirla*.

Habrán observado que son personas que contemplan su destino de la misma forma en

que la mayoría acostumbra contemplar un día
de lluvia.

Si se lo hubieran preguntado, Hervé Joncour habría respondido que su vida continuaría de ese modo para siempre. A inicios de los años sesenta, sin embargo, la epidemia de pebrina que había destruido los huevos de los cultivos europeos se extendió a través del mar, alcanzando a África y, según algunos, incluso a la India. Hervé Joncour volvió de su habitual viaje, en 1861, con un cargamento de huevos que se reveló, dos meses después, casi completamente infectado. Para Lavilledieu, como para muchas otras ciudades que basaban su riqueza en la producción de seda, aquel año parecía representar el principio del fin. La ciencia se mostraba incapaz de comprender las causas de la epidemia. Y todo el mundo, hasta en las regiones más alejadas, parecía prisionero de aquel sortilegio sin explicación.

–*Casi* todo el mundo –dijo en voz baja Baldabiou–. Casi –vertiendo dos dedos de agua en su Pernod.

Baldabiou era el hombre que veinte años atrás había llegado al pueblo, se había encaminado directamente al despacho del alcalde, había entrado allí sin hacerse anunciar, había depositado sobre su mesa una bufanda de seda de color dorado y le había preguntado

—¿Sabéis qué es esto?

—Cosas de mujeres.

—Error. Cosas de hombres: dinero.

El alcalde hizo que lo echaran a la calle. Él construyó una hilandería junto al río, una cabaña para la cría de gusanos de seda al abrigo del bosque y una pequeña iglesia consagrada a Santa Inés en el cruce con la carretera de Vivier. Contrató a una treintena de trabajadores, hizo llegar desde Italia una misteriosa máquina de madera, llena de ruedas y engranajes, y no dijo nada más durante siete meses. Después volvió a ver al alcalde, depositando sobre su mesa, bien ordenados, treinta mil francos en billetes grandes.

—¿Sabéis qué es esto?

—Dinero.

—Error. Es la prueba de que sois un idiota.

Después los recogió, se los metió en la bolsa y se dispuso a marcharse.

El alcalde lo detuvo.

—¿Qué demonios tengo que hacer?

—Nada y seréis el alcalde de un pueblo rico.

Cinco años después Lavilledieu tenía siete hilanderías y se había convertido en uno de los principales centros europeos de cría de gusanos y de producción de seda. No todo era propiedad de Baldabiou. Otros notables y terratenientes de la zona le habían seguido en aquella curiosa aventura empresarial. A cada uno de ellos, Baldabiou le había revelado, sin más problemas, los secretos del oficio. Eso lo divertía mucho más que ganar dinero a espuertas. Enseñar. Y tener secretos que contar. Así era aquel hombre.

Baldabiou era, también, el hombre que ocho años antes había cambiado la vida de Hervé Joncour. Eran los tiempos en que las primeras epidemias habían empezado a afectar a la producción europea de huevos de gusanos de seda. Sin alterarse, Baldabiou había estudiado la situación y había llegado a la conclusión de que el problema no podía ser resuelto, sino que debía ser evitado. Tenía una idea, sólo le faltaba el hombre adecuado. Se dio cuenta de que lo había encontrado cuando vio a Hervé Joncour pasar por delante del café de Verdun, tan elegante con su uniforme de alférez de infantería y orgulloso de su porte de militar de permiso. Tenía veinticuatro años en aquel entonces. Baldabiou lo invitó a su casa, abrió delante de él un atlas repleto de nombres exóticos y le dijo

–Felicidades. Por fin has encontrado un trabajo serio, muchacho.

Hervé Joncour estuvo escuchando toda una historia que hablaba de gusanos de seda, de huevos, de pirámides y de viajes en barco. Luego dijo

16

—No puedo.

—¿Por qué?

—Dentro de dos días se me acaba el permiso, tengo que volver a París.

—¿Carrera militar?

—Sí. Así lo ha decidido mi padre.

—Eso no es ningún problema.

Cogió a Hervé Joncour y lo llevó hasta su padre.

—¿Sabéis quién es éste? —le preguntó tras haber entrado en su despacho sin hacerse anunciar.

—Mi hijo.

—Fijaos bien.

El alcalde se recostó contra el respaldo de su sillón de piel, mientras empezaba a sudar.

—Mi hijo Hervé, que dentro de dos días volverá a París, donde le espera una brillante carrera en nuestro ejército, si Dios y Santa Inés lo quieren.

—Exacto. Sólo que Dios está ocupado en otra parte y Santa Inés detesta a los militares.

Un mes después, Hervé Joncour partió hacia Egipto. Viajó en un barco que se llamaba *Adel*. Hasta los camarotes llegaba el olor de la cocina, había un inglés que decía que había combatido en Waterloo, la noche del tercer día vieron delfines que brillaban en el horizonte como olas embriagadas, en la ruleta salía siempre el número dieciséis.

Volvió dos meses después –el primer domingo de abril, a tiempo para la misa mayor– con millares de huevos conservados entre algodones en dos grandes cajas de madera. Tenía un montón de cosas que contar. Pero lo que le dijo Baldabiou, cuando se quedaron solos, fue

–Háblame de los delfines.

–¿De los delfines?

–De cuando los viste.

Así era Baldabiou.

Nadie sabía cuántos años tenía.

—*Casi* todo el mundo —dijo en voz baja Baldabiou—. Casi —vertiendo dos dedos de agua en su Pernod.

Noche de agosto, después de medianoche. A aquella hora, normalmente, Verdun ya habría cerrado desde hacía rato. Las sillas estaban colocadas boca abajo, en orden, sobre las mesas. Había limpiado la barra y todo lo demás. No faltaba más que apagar la luz y cerrar. Pero Verdun esperaba: Baldabiou estaba hablando.

Sentado frente a él, Hervé Joncour, con un cigarrillo apagado entre los labios, escuchaba, inmóvil. Como ocho años antes, dejaba que aquel hombre reescribiera ordenadamente su destino. La voz le llegaba débil y nítida, escandida por periódicos sorbos de Pernod. No se detuvo durante minutos y minutos. La última cosa que le dijo fue

—No hay elección. Si queremos sobrevivir, tenemos que llegar hasta allí.

Silencio.

Verdun, apoyado en la barra, levantó la mirada hacia los dos.

Baldabiou se empeñó en encontrar todavía un sorbo más de Pernod en el fondo del vaso.

Hervé Joncour dejó el cigarrillo en el borde de la mesa antes de decir

−¿Y dónde quedaría, exactamente, ese Japón?

Baldabiou levantó el extremo de su bastón, apuntando con él más allá de los tejados de Saint-August.

−Siempre recto.

Dijo.

−Hasta el fin del mundo.

En aquellos tiempos, Japón estaba, en efecto, en la otra punta del mundo. Era una isla compuesta por islas, y durante doscientos años había vivido completamente separada del resto de la humanidad, rechazando cualquier contacto con el continente y prohibiendo el acceso a todo extranjero. La costa china distaba casi doscientas millas, pero un decreto imperial se había encargado de mantenerla todavía más alejada, prohibiendo en toda la isla la construcción de barcos con más de un mástil. Según una lógica, a su manera, ilustrada, la ley no prohibía, sin embargo, la expatriación, pero condenaba a muerte a los que intentaban regresar. Los mercaderes chinos, holandeses e ingleses habían intentado repetidas veces romper con aquel absurdo aislamiento, pero sólo habían logrado crear una frágil y peligrosa red de contrabando. Habían ganado poco dinero, muchos problemas y algunas leyendas, buenas para contar en los puertos por las noches. Donde ellos habían fracasado, tuvieron éxito, gracias a la fuerza de las armas, los americanos. En julio de 1853 el almirante Matthew C. Perry entró en la bahía de Yokohama con una moderna flota de buques a vapor y entregó a los japoneses un ultimátum en el que se «auspiciaba» la apertura de la isla a los extranjeros.

Nunca antes habían visto los japoneses una embarcación capaz de surcar el mar con el viento en contra.

Cuando, siete meses después, Perry volvió para recibir la respuesta a su ultimátum, el gobierno militar de la isla se avino a firmar un acuerdo que sancionaba la apertura a los extranjeros de dos puertos en el norte del país y el establecimiento de las primeras, mesuradas, relaciones comerciales. El mar que rodea esta isla –declaró el almirante con cierta solemnidad– es desde hoy mucho menos profundo.

Baldabiou conocía todas esas historias. Sobre todo conocía una leyenda que se oía repetidas veces entre quienes habían estado tan lejos. Decía que en aquella isla se producía la seda más bella del mundo. Lo hacían desde hacía más de mil años, según ritos y secretos que habían alcanzado una mística exactitud. Lo que Baldabiou pensaba es que no se trataba de una leyenda, sino de la pura y simple verdad. Una vez había tenido entre sus dedos un velo tejido con hilo de seda japonés. Era como tener la nada entre los dedos. Así, cuando parecía que todo se iba al diablo por aquella historia de la pebrina y de los huevos enfermos, lo que pensó fue: «Esa isla está llena de gusanos de seda. Y una isla a la que en doscientos años no han conseguido llegar ni un comerciante chino ni un asegurador inglés es una isla a la que no llegará nunca ninguna enfermedad.»

No se limitó a pensarlo: se lo dijo a todos los productores de seda de Lavilledieu, después de haberlos convocado en el café de Verdun. Ninguno de ellos había oído jamás hablar del Japón.

—¿Tendremos que atravesar el mundo para ir a comprar unos huevos como Dios manda a un lugar donde si ven a un extranjero lo ahorcan?

—Lo ahorcaban —puntualizó Baldabiou.

No sabían qué pensar. A alguno se le ocurrió una objeción.

—Habrá algún motivo por el cual a nadie en el mundo se le ha ocurrido ir hasta allí a comprar los huevos.

Baldabiou podía haberse pavoneado recordando que en el resto del mundo no había ningún otro Baldabiou. Pero prefirió presentar las cosas tal como eran.

—Los japoneses se han resignado a vender su seda. Pero los huevos, ésa es otra historia. Los huevos no los sueltan. Y si intentas sacarlos de la isla estás cometiendo un crimen.

Los productores de seda de Lavilledieu eran, quien más quien menos, gente de bien, y nunca habrían pensado en infringir ninguna de las leyes de su país. La hipótesis de hacerlo en la otra punta del mundo, sin embargo, les pareció razonablemente sensata.

Era 1861. Flaubert estaba acabando *Salamm-bô*, la luz eléctrica era todavía una hipótesis y Abraham Lincoln, al otro lado del océano, estaba combatiendo en una guerra cuyo final no vería. Los criadores de gusanos de seda de Lavilledieu se unieron en consorcio y recogieron la cantidad, considerable, necesaria para la expedición. A todos les pareció lógico confiarla a Hervé Joncour. Cuando Baldabiou le pidió que aceptara, él respondió con una pregunta.

–¿Y dónde quedaría, exactamente, ese Japón?

Siempre recto. Hasta el fin del mundo.

Partió el seis de octubre. Solo.

A las puertas de Lavilledieu abrazó a su mujer Hélène y le dijo simplemente

–No debes tener miedo de nada.

Era una mujer alta, se movía con lentitud, tenía un largo cabello negro que nunca se recogía en la cabeza. Tenía una voz bellísima.

Hervé Joncour partió con ochenta mil francos en oro y los nombres de tres hombres que le proporcionó Baldabiou: un chino, un holandés y un japonés. Cruzó la frontera cerca de Metz, atravesó Württemberg y Baviera, entró en Austria, llegó en tren a Viena y Budapest, para proseguir después hasta Kiev. Recorrió a caballo dos mil kilómetros de estepa rusa, superó los Urales, entró en Siberia, viajó durante cuarenta días hasta llegar al lago Baikal, al que la gente del lugar llamaba mar. Descendió por el curso del río Amur, bordeando la frontera china hasta el océano, y cuando llegó al océano se detuvo en el puerto de Sabirk durante once días, hasta que un barco de contrabandistas holandeses lo llevó a Cabo Teraya, en la costa oeste del Japón. A pie, viajando por caminos, atravesó las provincias de Ishikawa, Toyama, Niigata, entró en la de Fukushima y llegó a la ciudad de Shirakawa, la rodeó por el lado este, esperó durante dos días a un hombre vestido de negro que le vendó los ojos y lo llevó hasta una aldea en las colinas, donde permaneció una noche, y a la mañana siguiente negoció la compra de los huevos con un hombre que no hablaba y que llevaba la cara cubierta con un velo de seda. Negra. Al anochecer escondió los huevos entre sus maletas, dio la espalda al Japón y se dispuso a emprender el camino de vuelta.

Apenas había dejado atrás las últimas casas del pueblo cuando un hombre lo alcanzó, corriendo, y lo detuvo. Le dijo algo en tono excitado y perentorio, después lo acompañó de vuelta, con cortés firmeza.

Hervé Joncour no hablaba japonés, ni era capaz de entenderlo. Pero comprendió que Hara Kei quería verlo.

Se descorrió un panel de papel de arroz y Hervé Joncour entró. Hara Kei estaba sentado con las piernas cruzadas en el suelo, en la esquina más alejada de la habitación. Vestía una túnica oscura, no llevaba joyas. El único signo visible de su poder era una mujer tendida junto a él, inmóvil, con la cabeza apoyada en su regazo, los ojos cerrados, los brazos escondidos bajo el amplio vestido rojo que se extendía a su alrededor, como una llama, sobre la estera color ceniza. Él le pasaba lentamente una mano por los cabellos: parecía acariciar el pelaje de un animal precioso y adormecido.

Hervé Joncour atravesó la habitación, esperó una señal del anfitrión, y se sentó frente a él. Permanecieron en silencio, mirándose a los ojos. Entró un sirviente, imperceptible, y dejó frente a ellos dos tazas de té. Después desapareció en la nada. Entonces Hara Kei empezó a hablar, en su lengua, con una voz cantarina que se diluía en una especie de falsete fastidiosamente artificioso. Hervé Joncour escuchaba. Mantenía sus ojos fijos en los de Hara Kei y sólo por un instante, casi sin darse cuenta, los bajó hasta el rostro de la mujer.

Era el rostro de una muchacha joven.

Volvió a levantarlos.

Hara Kei se detuvo, levantó una de las tazas de té, la llevó a los labios, dejó pasar unos instantes y dijo

–Intentad explicarme quién sois.

Lo dijo en francés, arrastrando un poco las vocales, con una voz ronca, veraz.

Al hombre más inexpugnable del Japón, al amo de todo lo que el mundo conseguía arrancar de aquella isla, Hervé Joncour intentó explicarle quién era. Lo hizo en su lengua, hablando lentamente, sin saber con precisión si Hara Kei era capaz de entenderlo. Instintivamente renunció a cualquier clase de prudencia, refiriendo simplemente, sin invenciones y sin omisiones, todo aquello que era cierto. Exponía uno tras otro pequeños detalles y cruciales acontecimientos con la misma voz y con gestos apenas esbozados, imitando el hipnótico discurrir, melancólico y neutral, de un catálogo de objetos salvados de un incendio. Hara Kei escuchaba, sin que la sombra de un gesto descompusiera los rasgos de su rostro. Mantenía los ojos fijos en los labios de Hervé Joncour como si fueran las últimas líneas de una carta de despedida. En la habitación todo estaba tan silencioso e inmóvil que pareció un hecho desmesurado lo que acaeció inesperadamente, y que sin embargo no fue nada.

De pronto,

sin moverse lo más mínimo,
aquella muchacha
abrió los ojos.

Hervé Joncour no dejó de hablar, pero bajó la mirada instintivamente hacia ella y lo que vio, sin dejar de hablar, fue que aquellos ojos *no tenían sesgo oriental*, y que se hallaban dirigidos, *con una intensidad desconcertante*, hacia él: como si desde el inicio no hubieran hecho otra cosa, por debajo de los párpados. Hervé Joncour dirigió la mirada a otra parte con toda la naturalidad de que fue capaz, intentando continuar su relato sin que nada en su voz pareciera diferente. Se interrumpió solo cuando sus ojos repararon en la taza de té posada en el suelo frente a él. La cogió con una mano, la llevó hasta los labios y bebió lentamente. Reemprendió su relato, mientras la posaba de nuevo frente a sí.

Francia, sus viajes por mar, el perfume de las moreras en Lavilledieu, los trenes de vapor, la voz de Hélène. Hervé Joncour continuó contando su vida como nunca en su vida lo había hecho. Aquella muchacha continuaba mirándolo con una violencia que imponía a cada una de sus palabras la obligación de sonar memorables. La habitación parecía ahora haber caído en una inmovilidad sin retorno cuando de improviso, y de forma absolutamente silenciosa, la joven sacó una mano de debajo del vestido, deslizándola sobre la estera ante ella. Hervé Joncour vio aparecer aquella mancha pálida en los límites de su campo visual, la vio rozar la taza de té de Hara Kei y después, absurdamente, continuar deslizándose hasta asir sin titubeos la otra taza, que era inexorablemente la taza en que *él* había bebido, alzarla ligeramente y llevarla hacia ella. Hara Kei no había dejado ni un instante de mirar inexpresivamente los labios de Hervé Joncour.

La muchacha levantó ligeramente la cabeza.

Por primera vez apartó los ojos de Hervé Joncour y los posó sobre la taza.

Lentamente, le dio la vuelta hasta tener sobre los labios el punto exacto en el que él había bebido.

Entrecerrando los ojos, bebió un sorbo de té.

Alejó la taza de los labios.

La deslizó hasta el lugar de donde la había cogido.

Hizo desaparecer la mano bajo el vestido.

Volvió a apoyar la cabeza en el regazo de Hara Kei.

Los ojos abiertos, fijos en los de Hervé Joncour.

Hervé Joncour todavía habló largo rato. Se detuvo sólo cuando Hara Kei dejó de posar sus ojos sobre él y esbozó una inclinación con la cabeza.

Silencio.

En francés, arrastrando un poco las vocales, con voz ronca y veraz, Hara Kei dijo

—Si así lo deseáis, me gustaría veros de nuevo.

Sonrió por vez primera.

—Los huevos que os lleváis son huevos de pescado, no valen casi nada.

Hervé Joncour bajó la mirada. Su taza de té estaba allí, frente a él. La cogió y empezó a darle la vuelta y a observarla, como si estuviera buscando algo en la arista coloreada del borde. Cuando encontró lo que buscaba, apoyó los labios y bebió hasta el fondo. Después dejó la taza frente a sí y dijo

—Lo sé.

Hara Kei rió divertido.

—¿Por eso habéis pagado con oro falso?

—He pagado lo que he comprado.

Hara Kei se puso serio.

–Cuando salgáis de aquí, tendréis lo que deseáis.

–Cuando salga de esta isla vivo, recibiréis el oro que os pertenece. Tenéis mi palabra.

Hervé Joncour ni siquiera esperó la respuesta. Se levantó, dio unos pasos hacia atrás, después se inclinó.

La última cosa que vio, antes de salir, fueron los ojos de ella, fijos en los suyos, completamente mudos.

Seis días después Hervé Joncour se embarcó, en Takaoka, en un barco de contrabandistas holandeses que lo llevó hasta Sabirk. Desde allí ascendió por la frontera china hasta el lago Baikal, atravesó cuatro mil kilómetros de tierra siberiana, superó los Urales, llegó hasta Kiev y recorrió en tren toda Europa, de este a oeste, hasta entrar, después de tres meses de viaje, en Francia. El primer domingo de abril —justo a tiempo para la misa mayor— llegó a las puertas de Lavilledieu. Se detuvo, dio gracias al Señor, y entró en el pueblo a pie, contando sus pasos, para que cada uno tuviera un nombre, y para no olvidarlos nunca más.

—¿Cómo es el fin del mundo? —le preguntó Baldabiou.

—Invisible.

A su mujer, Hélène, le trajo de regalo una túnica de seda que ella, por pudor, nunca se puso. Si se sostenía entre los dedos, era como coger la nada.

Los huevos que Hervé Joncour había traído del Japón −pegados a centenares sobre pequeñas láminas de corteza de morera− se revelaron completamente sanos. La producción de seda, en la zona de Lavilledieu, fue aquel año extraordinaria, tanto en cantidad como en calidad. Se decidió la apertura de dos nuevas hilanderías, y Baldabiou hizo construir un claustro junto a la pequeña iglesia de Santa Inés. No está claro por qué, pero se lo había imaginado redondo, por lo que confió el proyecto a un arquitecto español que se llamaba Juan Benítez y que gozaba de cierta reputación en el ramo de las plazas de toros.

−Naturalmente, nada de arena en el centro, sino un jardín. Y si es posible cabezas de delfín, en vez de las de toro, en la entrada.

−¿Delfín, *señor*?

−¿Sabéis lo que es el pescado, Benítez?

Hervé Joncour se puso a echar cuentas y se descubrió rico. Adquirió treinta acres de tierra, al sur de sus propiedades, y ocupó los meses del verano en diseñar un parque donde sería leve, y silencioso, pasear. Lo imaginaba invisible como el fin del mundo. Cada mañana se dejaba caer por el café de Verdun, donde escuchaba las historias del pueblo y hojeaba las revistas llegadas de París. Por la tarde permanecía largo rato, bajo el pórtico de su casa, sentado junto a su esposa Hélène. Ella leía un libro en voz alta y eso le hacía feliz porque pensaba que no había otra voz tan bella como aquélla en el mundo.

Cumplió treinta y tres años el cuatro de septiembre de 1862. Llovía su vida, frente a sus ojos, espectáculo quieto.

—No debes tener miedo de nada.

Ya que Baldabiou así lo había decidido, Hervé Joncour volvió a partir hacia Japón el primer día de octubre. Cruzó la frontera cerca de Metz, atravesó Württemberg y Baviera, entró en Austria, llegó en tren a Viena y Budapest, para proseguir después hasta Kiev. Recorrió a caballo dos mil kilómetros de estepa rusa, superó los Urales, entró en Siberia, viajó durante cuarenta días hasta llegar al lago Baikal, al que la gente del lugar llamaba el demonio. Descendió por el curso del río Amur, bordeando la frontera china hasta el océano, y cuando llegó al océano se detuvo en el puerto de Sabirk durante once días, hasta que un barco de contrabandistas holandeses lo llevó a Cabo Teraya, en la costa oeste del Japón. A pie, viajando por caminos, atravesó las provincias de Ishikawa, Toyama, Niigata, entró en la de Fukushima y llegó a la ciudad de Shirakawa, la rodeó por el lado este, esperó durante dos días a un hombre vestido de negro que le vendó los ojos y lo llevó hasta la aldea de Hara Kei.

Cuando pudo volver a abrir los ojos se encontró frente a dos sirvientes que cogieron sus maletas y lo condujeron hasta los límites de un bosque donde le mostraron un sendero y lo dejaron solo. Hervé Joncour se puso a caminar entre las sombras que los árboles, a su alrededor y por encima de él, recortaban a la luz del día. Se detuvo solamente cuando, de improviso, la vegetación se abrió por un instante, como una ventana, al borde del sendero. Se veía un lago una treintena de metros más abajo. Y en la orilla del lago, tendidos en el suelo, de espaldas, Hara Kei y una mujer con un vestido de color naranja, el pelo suelto sobre los hombros. En el instante en que Hervé Joncour la vio, ella se dio la vuelta lentamente y por un momento, justo el tiempo de entrecruzar sus miradas.

Sus ojos no tenían sesgo oriental, y su cara era la cara de una muchacha joven.

Hervé Joncour reemprendió el camino en la espesura del bosque, y cuando salió del mismo se encontró al borde del lago. A pocos pasos delante de él, Hara Kei, solo, de espaldas, permanecía sentado inmóvil, vestido de negro. A su lado había un vestido de color naranja, abandonado en el suelo, y dos sandalias de paja. Hervé Joncour se acercó. Minúsculas olas circulares depositaban el agua del lago en la orilla, como enviadas allí desde lejos.

—Mi amigo francés —murmuró Hara Kei, sin darse la vuelta.

Pasaron horas, sentados uno junto a otro, hablando y callando. Después Hara Kei se levantó y Hervé Joncour lo imitó. Con un gesto imperceptible, antes de enfilar el sendero, dejó caer uno de sus guantes junto al vestido de color naranja, abandonado en la orilla. Llegaron al pueblo cuando ya anochecía.

Hervé Joncour fue huésped de Hara Kei durante cuatro días. Era como habitar en la corte de un rey. Todo el pueblo vivía para aquel hombre y casi no había gesto, en aquellas colinas, que no fuera hecho en su defensa y para su placer. La vida discurría en voz baja, se movía con una lentitud astuta, como un animal acorralado en su madriguera. El mundo parecía estar a siglos de distancia.

Hervé Joncour tenía una casa para él solo, y cinco sirvientes que lo seguían a todas partes. Comía en soledad, a la sombra de un árbol con flores de colores que nunca había visto. Dos veces al día le servían con cierta solemnidad el té. Por la noche, lo acompañaban a la sala más grande de la casa, en la que el suelo era de piedra, y donde se consumaba el ritual del baño. Tres mujeres, ancianas, con la cara embadurnada con una especie de cera blanca, vertían agua sobre su cuerpo y lo secaban con paños de seda tibios. Tenían las manos leñosas pero ligerísimas.

La mañana del segundo día, Hervé Joncour

vio llegar al pueblo a un blanco, acompañado por dos carros llenos de grandes cajas de madera. Era un inglés. No estaba allí para comprar. Estaba allí para vender.

—Armas, *monsieur*. ¿Y vos?

—Yo compro. Gusanos de seda.

Cenaron juntos. El inglés tenía muchas historias que contar: hacía ocho años que iba de un lado a otro, desde Europa hasta Japón. Hervé Joncour lo estuvo escuchando y sólo al final le preguntó

—¿Conocéis a una mujer joven, creo que europea, blanca, que vive aquí?

El inglés continuó comiendo, impasible.

—No existen mujeres blancas en Japón. No hay ni una sola mujer blanca en Japón.

Partió al día siguiente cargado de oro.

Hervé Joncour volvió a ver a Hara Kei solo la mañana del tercer día. Se dio cuenta de que sus cinco sirvientes habían desaparecido de repente, como por arte de magia, y después de algunos instantes lo vio llegar. Aquel hombre para el que todos en aquel pueblo vivían, se movía siempre en una burbuja de vacío. Como si un precepto tácito ordenara al mundo que lo dejaran vivir solo.

Subieron juntos la falda de la colina, hasta llegar a un claro donde el cielo era surcado por el vuelo de decenas de pájaros con grandes alas azules.

—La gente de aquí mira cómo vuelan y en su vuelo lee el futuro.

Dijo Hara Kei.

—Cuando era niño, mi padre me llevó a un lugar como éste, me puso en la mano su arco y me ordenó tirarle a uno. Lo hice y un gran pájaro de alas azules se precipitó al suelo, como una piedra muerta. Lee el vuelo de tu flecha si quieres saber tu futuro, me dijo mi padre.

Volaban lentamente, subiendo y bajando en

el cielo, como si quisieran borrarlo, meticulosamente, con sus alas.

Regresaron al pueblo caminando bajo la luz extraña de una tarde que parecía una noche. Llegados a la casa de Hervé Joncour, se despidieron. Hara Kei se volvió y se puso a caminar lentamente, bajando por el sendero que bordeaba el río. Hervé Joncour permaneció de pie, en el umbral, contemplándolo; esperó a que estuviera a una veintena de pasos, después dijo

—¿Cuándo me diréis quién es aquella muchacha?

Hara Kei siguió caminando, con un paso lento, ajeno a cualquier forma de cansancio. A su alrededor reinaba el más absoluto silencio, y el vacío. Como cumpliendo un extraño precepto, a dondequiera que fuese, aquel hombre andaba en una soledad sin condiciones, y absoluta.

La mañana del último día, Hervé Joncour salió de su casa y comenzó a vagar por la aldea. Se cruzaba con hombres que se inclinaban a su paso y mujeres que, bajando la mirada, le sonreían. Comprendió que se hallaba en las inmediaciones de la residencia de Hara Kei cuando vio una gigantesca jaula que guardaba un increíble número de pájaros de todo tipo: un espectáculo. Hara Kei le había contado que se los había hecho traer de todas las partes del mundo. Había algunos que valían más que toda la seda que Lavilledieu podía producir en un año. Hervé Joncour se paró a contemplar aquella magnífica locura. Se acordó de haber leído en un libro que los hombres orientales, para honrar la fidelidad de sus amantes, no solían regalarles joyas, sino pájaros refinados y bellísimos.

La residencia de Hara Kei parecía sumergida en un lago de silencio. Hervé Joncour se acercó y se detuvo a pocos metros de la entrada. No había puertas, y sobre las paredes de papel aparecían y desaparecían sombras que no emitían ruido alguno. No parecía vida: si había un nombre para todo aquello, era teatro. Sin saber qué hacer, Hervé Joncour permaneció esperando: inmóvil, de pie, a pocos metros de la casa. Durante todo el tiempo que le concedió al destino, únicamente sombras y silencio fue lo que se filtró de aquel singular escenario. De modo que, al final, Hervé Joncour se dio la vuelta y reemprendió su camino, veloz, hacia su casa. Con la cabeza inclinada, miraba sus propios pasos ya que eso lo ayudaba a no pensar.

Por la noche Hervé Joncour preparó las maletas. Después se dejó llevar a la habitación pavimentada de piedra, para el ritual del baño. Se recostó, cerró los ojos, y pensó en la gran pajarera, loca prenda de amor. Le pusieron sobre los ojos un paño húmedo. No lo habían hecho nunca antes. Instintivamente intentó quitárselo pero una mano cogió la suya y la detuvo. No era la mano vieja de una vieja.

Hervé Joncour sintió resbalar el agua por su cuerpo, primero sobre las piernas, y después a lo largo de los brazos, y sobre el pecho. Agua como aceite. Y un silencio extraño a su alrededor. Sintió la ligereza de un velo de seda que descendía sobre él. Y la mano de una mujer —de una mujer— que lo secaba acariciando su piel por todas partes: aquellas manos y aquel paño tejido de nada. Él no se movió en ningún momento, ni siquiera cuando sintió que las manos subían por los hombros hasta el cuello y los dedos —la seda y los dedos—, subían hasta sus labios, y los rozaban, una vez, lentamente, y desaparecían.

Hervé Joncour sintió todavía que el velo de seda se levantaba y se separaba de él. La última cosa fue una mano que abría la suya y que dejaba algo en la palma.

Esperó largamente, en el silencio, sin moverse. Después, con lentitud, se quitó el paño mojado de los ojos. No había ya luz apenas en la habitación. No había nadie a su lado. Se levantó, cogió la túnica que yacía doblada en el suelo, se la echó por los hombros, salió de la habitación, atravesó la casa, llegó ante su estera y se acostó. Se puso a observar la luz que temblaba, borrosa, en la lámpara. Y, con cuidado, detuvo el Tiempo durante todo el tiempo que lo deseó.

No fue nada, después, abrir la mano y ver aquella hoja de papel. Pequeña. Unos pocos ideogramas dibujados uno debajo del otro. Tinta negra.

Al día siguiente, temprano por la mañana, Hervé Joncour partió. Escondidos entre su equipaje, llevaba consigo millares de huevos de gusanos de seda, es decir, el futuro de Lavilledieu, y el trabajo para centenares de personas y la riqueza para una decena de ellas. Donde el camino giraba a la izquierda, escondiendo para siempre, tras el perfil de la colina, la vista de la aldea, se detuvo, sin tener en cuenta a los dos hombres que lo acompañaban. Bajó del caballo y permaneció un rato al borde del camino con la mirada fija en aquellas casas encaramadas sobre la ladera de la colina.

Seis días después Hervé Joncour se embarcó, en Takaoka, en un barco de contrabandistas holandeses que lo llevó hasta Sabirk. Desde allí ascendió por la frontera china hasta el lago Baikal, atravesó cuatro mil kilómetros de tierra siberiana, superó los Urales, llegó hasta Kiev y recorrió en tren toda Europa, de este a oeste, hasta entrar, después de tres meses de viaje, en Francia. El primer domingo de abril —justo a tiempo para la misa mayor— llegó a las puertas de Lavilledieu. Vio a su mujer que corría a su encuentro, y notó el perfume de su piel cuando la abrazó, y el terciopelo de su voz cuando le dijo

—Has vuelto.

Dulcemente

—Has vuelto.

En Lavilledieu la vida transcurría apaciblemente, regida por una metódica normalidad.
Hervé Joncour dejó que le resbalara por encima durante cuarenta y un días. El cuadragé-
simo segundo se rindió, abrió un cajón de su
baúl de viaje, sacó un mapa de Japón, lo abrió y
cogió la hojita de papel que había escondido
dentro meses antes. Unos pocos ideogramas dibujados uno debajo del otro. Tinta negra. Se
sentó ante su escritorio y permaneció observándolo largo tiempo.

Encontró a Baldabiou en el café de Verdun,
en el billar. Siempre jugaba solo, contra sí
mismo. Extrañas partidas. El sano contra el
manco, las llamaba. Tiraba un golpe normalmente y el siguiente con una sola mano. El día
que gane el manco —decía—, me marcharé de
esta ciudad. Desde hacía años, el manco per-
día.

—Baldabiou, tengo que encontrar a alguien
aquí que sepa leer japonés.

El manco lanzó un tiro a dos bandas con
efecto de retroceso.

—Pregúntale a Hervé Joncour, él lo sabe todo.

—Yo no entiendo nada.

—Aquí, tú eres el japonés.

—Pero de todas formas no entiendo nada.

El sano se inclinó sobre el taco y tiró un golpe perpendicular de seis puntos.

—Entonces sólo queda Madame Blanche. Tiene una tienda de tejidos en Nîmes. Encima de la tienda hay un burdel. También es cosa suya. Es rica. Y es japonesa.

—¿Japonesa? ¿Y cómo llegó hasta aquí?

—No se lo preguntes si quieres sacarle algo. Mierda.

El manco acababa de fallar un tiro a tres bandas de catorce puntos.

A su mujer Hélène, Hervé Joncour le dijo que tenía que ir a Nîmes por asuntos de trabajo. Y que volvería el mismo día.

Subió al primer piso, sobre la tienda de tejidos, en el número doce de la rue Moscat, y preguntó por Madame Blanche. Le hicieron esperar largo rato. El salón estaba decorado como para una fiesta que se hubiera iniciado años atrás y que nunca hubiera acabado. Las chicas eran todas jóvenes y francesas. Había un pianista que tocaba, en sordina, motivos que tenían un aire ruso. Al final de cada pieza se pasaba la mano derecha entre los cabellos y murmuraba en voz baja

–*Voilà*.

Hervé Joncour esperó durante un par de horas. Después lo acompañaron por un largo pasillo hasta la última puerta. La abrió y entró.

Madame Blanche estaba sentada en una gran butaca, junto a la ventana. Vestía un kimono de tela ligera completamente blanco. En los dedos, como si fueran anillos, llevaba unas pequeñas flores de color azul intenso. El cabello negro, reluciente; el rostro oriental, perfecto.

—¿Qué os hace pensar que sois lo suficientemente rico como para acostaros conmigo?

Hervé Joncour permaneció de pie, frente a ella, con el sombrero en la mano.

—Necesito que me hagáis un favor. No me importa el precio.

Después sacó del bolsillo interior de la chaqueta una pequeña hoja de papel, doblada en cuatro, y se lo tendió.

—Tengo que saber qué es lo que hay escrito.

Madame Blanche no se movió ni un milímetro. Tenía los labios entrecerrados, parecían la prehistoria de una sonrisa.

–Os lo ruego, *madame*.

No había ningún motivo en el mundo para que lo hiciera. Sin embargo, cogió la hoja de papel, la abrió, la miró. Levantó los ojos hacia Hervé Joncour, volvió a bajarlos. Dobló de nuevo la hoja, lentamente. Cuando se adelantó para devolvérselo, el kimono se le entreabrió apenas, a la altura del pecho. Hervé Joncour vio que no llevaba nada debajo, y que su piel era joven y de un blanco inmaculado.

–Regresad o moriré.

Lo dijo con voz fría, mirando a Hervé Joncour a los ojos y sin dejar escapar el menor gesto.

Regresad o moriré.

Hervé Joncour volvió a meter el papel en el bolsillo interior de la chaqueta.

–Gracias.

Esbozó una pequeña reverencia, después se dio la vuelta, se dirigió hacia la puerta y quiso dejar algunos billetes en la mesa.

–Dejadlo estar.

Hervé Joncour dudó un instante.

–No hablo del dinero. Hablo de esa mujer. Dejadlo estar. No morirá y vos lo sabéis.

Sin volverse, Hervé Joncour depositó los billetes en la mesa, abrió la puerta y se marchó.

Decía Baldabiu que a veces venían desde
París para hacer el amor con Madame Blanche.
Al regresar a la capital, lucían en la solapa de
sus trajes de etiqueta pequeñas flores azules, las
que ella llevaba siempre entre los dedos, como
si fueran anillos.

Por vez primera en su vida, Hervé Joncour llevó a su mujer aquel verano a la Riviera. Se instalaron durante dos semanas en un hotel de Niza, frecuentado sobre todo por ingleses y famoso por las veladas musicales que ofrecía a sus clientes. Hélène se había convencido de que en un lugar como aquél lograrían concebir el hijo que, en vano, habían esperado durante años. Juntos decidieron que sería un niño. Y que se llamaría Philippe. Participaban con discreción en la vida mundana del balneario, para divertirse después, encerrados en su habitación, burlándose de los tipos extraños que habían conocido. Una noche, durante un concierto, conocieron a un comerciante de pieles polaco: decía que había estado en Japón.

La noche antes de partir, Hervé Joncour se despertó cuando todavía era de noche, y se levantó y se acercó a la cama de Hélène. Cuando ella abrió los ojos, él oyó su propia voz que decía suavemente:

—Te amaré siempre.

A principios de septiembre, los criadores de gusanos de seda de Lavilledieu se reunieron para decidir qué hacer. El gobierno había enviado a Nîmes a un joven biólogo encargado de estudiar la enfermedad que estaba destruyendo los huevos producidos en Francia. Se llamaba Louis Pasteur: trabajaba con microscopios capaces de ver lo invisible, se decía que había obtenido ya resultados extraordinarios. Desde Japón llegaban noticias sobre una inminente guerra civil, fomentada por las fuerzas que se oponían a la entrada de extranjeros en el país. El consulado francés, instalado en Yokohama desde hacía poco tiempo, enviaba despachos que desaconsejaban por el momento emprender relaciones comerciales con la isla, invitando a esperar tiempos mejores. Inclinados a la prudencia y sensibles a los enormes costos que comportaba cada expedición clandestina al Japón, muchos de los notables de Lavilledieu aventuraron la posibilidad de suspender los viajes de Hervé Joncour y confiar por aquel año en las partidas de huevos, escasamente fiables, que llegaban de los grandes importadores de Oriente Medio. Baldabiou estuvo escuchándolos a todos sin decir ni una palabra. Cuando por fin le tocó hablar a él, lo que hizo fue dejar su bastón de caña sobre la mesa y dirigir su mirada hacia el hombre que se sentaba frente a él. Y esperar.

Hervé Joncour sabía de las investigaciones de Pasteur y había leído las noticias que llegaban del Japón, pero siempre se había negado a comentarlas. Prefería emplear su tiempo en retocar el proyecto de parque que quería construir en torno a su casa. En un rincón escondido de su despacho conservaba una hoja de papel doblada en cuatro, con unos pocos ideogramas dibujados uno debajo del otro, tinta negra. Tenía una considerable cuenta en el banco, llevaba una vida tranquila y albergaba la razonable ilusión de convertirse pronto en padre. Cuando Baldabiou levantó la mirada hacia él, lo que dijo fue

—Decide tú, Baldabiou.

Hervé Joncour partió hacia el Japón a primeros de octubre. Cruzó la frontera francesa cerca de Metz, atravesó Württemberg y Baviera, entró en Austria, llegó en tren a Viena y Budapest, para proseguir después hasta Kiev. Recorrió a caballo dos mil kilómetros de estepa rusa, superó los Urales, entró en Siberia, viajó durante cuarenta días hasta llegar al lago Baikal, al que la gente del lugar llamaba el último. Descendió por el curso del río Amur, bordeando la frontera china hasta el océano, y cuando llegó al océano se detuvo en el puerto de Sabirk durante diez días, hasta que un barco de contrabandistas holandeses lo llevó a Cabo Teraya, en la costa oeste del Japón. Lo que halló fue un país en desordenada espera de una guerra que no acababa de estallar. Viajó durante días sin tener que recurrir a la prudencia acostumbrada, ya que a su alrededor el mapa de los poderes y la red de los controles parecían haberse disuelto ante la inminencia de una explosión que los rediseñaría. En Shirakawa se encontró con el hombre que tenía que llevarlo ante Hara Kei. En dos días, a caballo, llegaron a la vista de la aldea. Hervé Joncour entró a pie para que la noticia de su llegada pudiera llegar antes que él.

Lo llevaron hasta una de las últimas casas del pueblo, en lo alto, al abrigo del bosque. Cinco sirvientes lo estaban esperando. Les confió su equipaje y salió a la galería. En el extremo opuesto del pueblo se distinguía en parte el palacio de Hara Kei, un poco más grande que el resto de las casas, pero rodeado por enormes cedros que defendían su soledad. Hervé Joncour permaneció observándolo, como si no hubiera nada más desde allí hasta el horizonte. Así pudo ver,

al final,

de repente,

el cielo sobre el palacio tiznarse por el vuelo de cientos de pájaros, como si fuera un estallido de la tierra, pájaros de todo tipo, desorientados, huyendo hacia cualquier parte, enloquecidos, cantando y gritando, pirotécnica explosión de alas y nube de colores disparada en la luz y de sonidos asustados, música en fuga, volando en el cielo.

Hervé Joncour sonrió.

El pueblo empezó a bullir como un hormiguero enloquecido: todos corrían y gritaban, miraban arriba y perseguían a aquellos pájaros en fuga, durante años orgullo de su señor, y ahora burla alada por el cielo. Hervé Joncour salió de su casa y descendió por la aldea, caminando lentamente y mirando hacia adelante con una calma infinita. Nadie parecía verlo y nada parecía ver él. Era un hilo de oro que corría recto en la trama de una alfombra tejida por un loco. Traspasó el puente sobre el río, bajó hasta los grandes cedros, penetró en su sombra y salió de ella. Frente a sí vio la inmensa pajarera, con las puertas abiertas de par en par, completamente vacía. Y delante de la misma, a una mujer. Hervé Joncour no miró a su alrededor, simplemente continuó caminando, con lentitud, y sólo se paró cuando estuvo frente a ella.

Sus ojos no tenían sesgo oriental, y su rostro era el rostro de una muchacha joven.

Hervé Joncour dio un paso hacia ella, extendió el brazo y abrió la mano. En la palma había una pequeña hoja de papel, doblada en cuatro.

Ella la vio y cada esquina de su rostro sonrió. Apoyó su mano en la de Hervé Joncour, la apretó con dulzura, dudó un instante, después la retiró apretando entre los dedos aquella hoja que había dado la vuelta al mundo. Acababa de esconderla en un pliegue del vestido cuando se escuchó la voz de Hara Kei.

–Sed bienvenido, mi amigo francés.

Estaba a pocos pasos de allí. El kimono oscuro, el pelo, negro, perfectamente recogido en la nuca. Se acercó. Se puso a observar la pajarera, mirando una a una las puertas abiertas.

–Volverán. Es siempre difícil resistir la tentación de volver, ¿no es cierto?

Hervé Joncour no respondió. Hara Kei lo miró a los ojos y apaciblemente le dijo

–Venid conmigo.

Hervé Joncour lo siguió. Dio unos pasos y después se volvió hacia la muchacha y esbozó una inclinación.

–Espero volver a veros pronto.

Hara Kei siguió caminando.

–No conoce vuestra lengua.

Dijo.

–Venid conmigo.

34

Aquella noche Hara Kei invitó a Hervé Joncour a su casa. Había algunos hombres de la aldea y mujeres vestidas con gran elegancia, con el rostro pintado de blanco y de colores chillones. Se bebía sake, se fumaba en largas pipas de madera un tabaco de aroma áspero y aturdidor. Aparecieron unos saltimbanquis y un hombre que arrancaba carcajadas imitando a hombres y animales. Tres ancianas mujeres tocaban instrumentos de cuerda, sin dejar nunca de sonreír. Hara Kei estaba sentado en el lugar de honor, vestido de oscuro, con los pies descalzos. Envuelta en un vestido de seda espléndido, la mujer con el rostro de muchacha estaba sentada a su lado. Hervé Joncour se hallaba en el extremo opuesto de la habitación: estaba asediado por el perfume dulzón de las mujeres que tenía alrededor y sonreía con embarazo a los hombres que se divertían contándole historias que él no entendía. Mil veces buscó los ojos de ella y mil veces ella encontró los suyos. Era una especie de triste danza, secreta e impotente. Hervé Joncour la bailó hasta bien entrada la noche, después se levantó, dijo algo en francés para disculparse, se zafó como pudo de una mujer que había decidido acompañarle y, abriéndose paso entre nubes de humo y hombres que le vociferaban en aquella lengua suya incomprensible, se marchó. Antes de salir de la habitación, miró una última vez hacia ella. Le estaba mirando, con ojos completamente mudos, a una distancia de siglos.

Hervé Joncour vagabundeó por la aldea respirando el aire fresco de la noche y perdiéndose entre los callejones que recorrían la ladera de la colina. Cuando llegó a su casa vio que un farol encendido oscilaba tras las paredes de papel. Entró y encontró a dos mujeres de pie ante él. Una muchacha oriental, muy joven, vestida con un sencillo kimono blanco. Y ella. Tenía en los ojos una especie de febril alegría. No le dejó tiempo para hacer nada. Se acercó, le cogió una mano, se la llevó a la cara, la rozó con los labios y después, apretándola fuerte, la puso sobre las manos de la muchacha que estaba a su lado, y la mantuvo allí, durante unos instantes, para que no pudiera escapar. Por fin, retiró su mano, dio dos pasos hacia atrás, cogió su farol, miró por un instante a los ojos a Hervé Joncour y salió corriendo. Era un farol anaranjado. Desapareció en la noche, como una pequeña luz que huye.

Hervé Joncour no había visto nunca a aquella muchacha ni, en realidad, llegó a verla durante aquella noche. En la habitación sin luces sintió la belleza de su cuerpo, y conoció sus manos y su boca. La amó durante varias horas, con movimientos que nunca había hecho, dejándose enseñar una lentitud que desconocía. En la oscuridad, no importaba amar a aquella joven y no a ella.

Poco antes del alba la muchacha se levantó, se puso su kimono blanco y se marchó.

Delante de su casa, esperándole, Hervé Joncour encontró a la mañana siguiente a un hombre de Hara Kei. Tenía consigo quince hojas de corteza de morera completamente cubiertas de huevos: minúsculos, de color marfil. Hervé Joncour examinó cada hoja con atención, después discutió el precio y pagó con limaduras de oro. Antes de que el hombre se marchara, le dio a entender que quería ver a Hara Kei. El hombre sacudió la cabeza. Hervé Joncour comprendió por sus gestos que Hara Kei se había marchado aquella mañana temprano con su séquito y que nadie sabía cuándo volvería.

Hervé Joncour atravesó la aldea corriendo hasta la residencia de Hara Kei. No encontró más que a unos criados que a todas sus preguntas respondían sacudiendo la cabeza. La casa parecía desierta. Y por mucho que miró a su alrededor, y en las cosas más insignificantes, no vio nada que pareciera un mensaje para él. Abandonó la casa y, mientras volvía hacia la aldea, pasó por delante de la enorme

pajarera. Sus puertas estaban cerradas de nuevo. Dentro, centenares de pájaros volaban, res-
guardados del cielo.

Hervé Joncour esperó durante dos días más algún tipo de señal. Después partió.

Le aconteció que, a poco más de media hora de la aldea, tuvo que pasar junto a un bosque del que llegaba un singular y plateado estrépito. Escondidas entre las hojas se distinguían miles de manchas oscuras de una bandada de pájaros que se había detenido a descansar. Sin dar explicaciones a los dos hombres que le acompañaban, Hervé Joncour detuvo su caballo, sacó el revólver del cinturón y disparó seis veces al aire. La bandada, aterrorizada, se elevó hacia el cielo como una nube de humo liberada por un incendio. Era tan grande que se podía llegar a ver a días y días de camino de allí. Oscura en el cielo, sin otra meta que su propio extravío.

Seis días después Hervé Joncour se embarcó, en Takaoka, en un barco de contrabandistas holandeses que lo llevó hasta Sabirk. Desde allí ascendió por la frontera china hasta el lago Baikal, atravesó cuatro mil kilómetros de tierra siberiana, superó los Urales, llegó hasta Kiev y recorrió en tren toda Europa de este a oeste, hasta entrar, después de tres meses de viaje, en Francia. El primer domingo de abril —justo a tiempo para la misa mayor— llegó a las puertas de Lavilledieu. Hizo detener la carroza y permaneció sentado durante unos minutos, inmóvil, detrás de las cortinas echadas. Después descendió y continuó a pie, paso a paso, con un cansancio infinito.

Baldabiou le preguntó si había visto la guerra.

—No la que yo esperaba —respondió.

Por la noche entró en el lecho de Hélène y la amó con tanta impaciencia que ella se asustó y no consiguió retener las lágrimas. Cuando él se dio cuenta, ella se esforzó por sonreírle.

—Es que soy muy feliz —le dijo en voz baja.

Hervé Joncour entregó los huevos a los criadores de gusanos de Lavilledieu. Después, durante días, no volvió a aparecer por el pueblo, descuidando incluso la habitual y cotidiana visita al café de Verdun. A primeros de mayo, suscitando el estupor general, compró la casa abandonada de Jean Berbeck, aquel que dejó un día de hablar y no volvió a hablar hasta su muerte. Todos creyeron que pensaba instalar allí su nuevo taller. Él ni siquiera empezó a vaciarla. Iba allí de vez en cuando y permanecía solo en aquellas habitaciones, haciendo nadie sabía qué. Un día se llevó consigo a Baldabiou.

—¿Tú sabes por qué Jean Berbeck dejó de hablar? —le preguntó.

—Es una de las muchas cosas que no dijo nunca.

Habían pasado años, pero todavía estaban los cuadros colgados de las paredes y las ollas en el escurreplatos, al lado del fregadero. No era un espectáculo alegre, y Baldabiou, de haber sido por él, se habría marchado de buena gana. Pero Hervé Joncour seguía mirando fascinado aquellas paredes enmohecidas y muertas. Era evidente: buscaba algo allí dentro.

–Tal vez sea que la vida a veces da tales vueltas que no queda ya absolutamente nada que decir.

Dijo.

–Nada de nada, para siempre.

Baldabiou no estaba hecho para las conversaciones serias. Miraba fijamente la cama de Jean Berbeck.

–Quizá cualquiera habría enmudecido con una casa tan horrenda.

Hervé Joncour siguió llevando durante días una vida retirada, dejándose ver poco en el pueblo y empleando su tiempo en trabajar en el proyecto del parque que antes o después construiría. Llenaba hojas y hojas de dibujos extraños, parecían máquinas. Una noche Hélène le preguntó

–¿Qué son?

–Es una pajarera.

–¿Una pajarera?

–Sí.

–¿Y para qué sirve?

Hervé Joncour mantenía los ojos fijos en aquellos dibujos.

–Se llenan de pájaros, todos los que se pueda, y después, un día en el que suceda algo feliz, se abren sus puertas de par en par y se mira cómo vuelan libres.

A finales de julio Hervé Joncour partió con su mujer hacia Niza. Se establecieron en una pequeña villa a orillas del mar. Así lo había querido Hélène, convencida de que la serenidad de un refugio apartado conseguiría apaciguar el humor melancólico que parecía haberse apoderado de su marido. Tuvo la sagacidad, por otra parte, de hacerlo pasar por un capricho personal suyo, regalando al hombre que la amaba el placer de perdonárselo.

Pasaron juntos tres semanas de pequeña, intachable felicidad. Los días en que el calor aflojaba, alquilaban una carroza y se divertían descubriendo pueblos escondidos en las colinas, desde donde el fondo del mar parecía de papel de colores. De vez en cuando se dejaban caer por la ciudad para un concierto o un encuentro mundano. Una noche aceptaron la invitación de un barón italiano que celebraba su sexagésimo cumpleaños con una solemne cena en el Hôtel Suisse. Estaban en los postres cuando Hervé Joncour levantó la vista hacia Hélène. Estaba sentada al otro lado de la mesa, junto a un atractivo caballero inglés que, curiosamente, lucía en la solapa del chaqué una coronita de pequeñas flores azules. Hervé Joncour le vio inclinarse hacia Hélène y susurrarle algo al oído. Hélène se echó a reír, de un modo bellísimo, y, mientras se reía, se desplazó ligeramente hacia el caballero inglés, llegando a rozarle con sus cabellos el hombro, en un gesto que no tenía nada de embarazoso pero que era de una exactitud desconcertante. Hervé Joncour inclinó la vista sobre su plato. No pudo dejar de notar que su mano, que sostenía una cucharilla de plata, estaba indudablemente temblando.

Más tarde, en el *fumoir*, Hervé Joncour se acercó, tambaleándose debido al excesivo alcohol ingerido, a un hombre que, sentado solo ante una mesa, miraba al frente con una vaga expresión de estupidez en el rostro. Se inclinó hacia él y le dijo lentamente

–Debo comunicaros una cosa muy importante, *monsieur*. Damos todos asco. Somos todos maravillosos, y damos todos asco.

El hombre procedía de Dresde. Era tratante de ganado y no entendía bien el francés. Estalló en fragorosas carcajadas haciendo gestos afirmativos con la cabeza, repetidamente, como si no pudiera contenerse.

Hervé Joncour y su mujer permanecieron

en la Riviera hasta principios de septiembre. Abandonaron la pequeña villa con añoranza, puesto que habían llegado a sentir, entre aquellos muros, la suerte de amarse.

Baldabiou llegó a casa de Hervé Joncour a primera hora de la mañana. Se sentaron bajo el porche.

−Como parque no es nada del otro mundo.

−Todavía no he empezado a construirlo, Baldabiou.

−Ah, por eso.

Baldabiou no fumaba nunca por la mañana. Sacó la pipa, la llenó y la encendió.

−He conocido al tal Pasteur. Es un hombre muy preparado. Me ha enseñado cómo se hace. Es capaz de distinguir los huevos enfermos de los sanos. No sabe curarlos, claro. Pero puede aislar los sanos. Y dice que probablemente un treinta por ciento de los que producimos lo están.

Pausa.

−Dicen que en Japón ha estallado la guerra, esta vez de verdad. Los ingleses dan armas al gobierno; los holandeses, a los rebeldes. Parece ser que están de acuerdo. Dejan que se desfoguen entre ellos y después se apoderan de todo y se lo reparten. El consulado francés se limita a mirar, ésos no hacen otra cosa que mirar. Sirven sólo para mandar despachos acerca de masacres y extranjeros degollados como corderos.

Pausa.

—¿Hay más café?

Hervé Joncour le sirvió café.

Pausa.

—Esos dos italianos, Ferreri y el otro, esos que fueron a China el año pasado..., volvieron con quince mil onzas de huevos, buena mercancía, la han comprado también los de Bollet, dicen que era de primera calidad. Dentro de un mes vuelven a marcharse..., nos han propuesto un buen negocio, sus precios son decentes, once francos la onza, todo cubierto por el seguro. Es gente seria, cuentan con una organización a sus espaldas, venden huevos a media Europa. Gente seria, te repito.

Pausa.

—No lo sé. Pero quizá lo consigamos. Con nuestros huevos, con el trabajo de Pasteur, y además lo que podamos comprar a los dos italianos... lo podríamos conseguir. En el pueblo los demás dicen que es una locura mandarte otra vez hasta allí... con todo lo que cuesta..., dicen que es demasiado arriesgado, y en este caso tienen razón, las otras veces era distinto, pero ahora..., ahora es difícil volver vivo de allí.

Pausa.

−La verdad es que ellos no quieren perder los huevos. Y yo no quiero perderte a ti.

Hervé Joncour permaneció unos instantes con la mirada fija en el parque que no existía. Después hizo algo que no había hecho nunca.

−Yo voy a ir al Japón, Baldabiou.

Dijo.

−Voy a comprar esos huevos, y si es necesario, lo haré con mi dinero. Tú debes decidir únicamente si os los venderé a vosotros o a cualquier otro.

Baldabiou no se lo esperaba. Era como ver ganar al manco, en la última tacada, a cuatro bandas, una figura imposible.

Baldabiou comunicó a los criadores de Lavilledieu que Pasteur no era digno de con-
fianza, que los dos italianos habían estafado ya
a media Europa, que en el Japón la guerra aca-
baría antes del invierno y que Santa Inés, en
sueños, le había preguntado si no eran todos un
rebaño de acojonados. A la única a quien no
pudo mentirle fue a Hélène.

–¿De verdad es imprescindible que parta,
Baldabiou?

–No.

–Y, entonces, ¿por qué?

–Yo no puedo detenerlo. Y si él quiere ir
allí, sólo me queda darle una razón más para
que vuelva.

Todos los criadores de Lavilledieu pagaron,
aun de mala gana, su cuota para financiar la expedición. Hervé Joncour inició los preparativos
y a primeros de octubre estaba listo para partir.
Hélène, como todos los años, le ayudó, sin pre-
guntar nada, y ocultándole todas sus inquietu-
des. Sólo la última noche, tras haber apagado la
lámpara, halló fuerzas para decirle

—Prométeme que volverás.

Con voz firme, sin dulzura.

—Prométeme que volverás.

En la oscuridad, Hervé Joncour respondió

—Te lo prometo.

El 10 de octubre de 1864, Hervé Joncour partió para su cuarto viaje al Japón. Cruzó la frontera cerca de Metz, atravesó Württemberg y Baviera, entró en Austria, llegó en tren a Viena y Budapest, para proseguir después hasta Kiev. Recorrió a caballo dos mil kilómetros de estepa rusa, superó los Urales, entró en Siberia, viajó durante cuarenta días hasta llegar al lago Baikal, al que la gente del lugar llamaba el santo. Descendió por el curso del río Amur, bordeando la frontera china hasta el océano, y cuando llegó al océano se detuvo en el puerto de Sabirk durante ocho días, hasta que un barco de contrabandistas holandeses lo llevó a Cabo Teraya, en la costa oeste del Japón. A caballo, viajando por caminos, atravesó las provincias de Ishikawa, Toyama, Niigata, y entró en la de Fukushima. Cuando llegó a Shirakawa halló la ciudad semidestruida y una guarnición de soldados gubernamentales acampados entre las ruinas. Rodeó la ciudad por el lado este y aguardó en vano al emisario de Hara Kei. Al amanecer del sexto día partió hacia las colinas, en dirección norte. Contaba con un par de mapas aproximativos y lo que quedaba de sus recuerdos. Vagó durante días, hasta reconocer un río, y después un bosque, y después un camino. Al final del camino encontró la aldea de Hara Kei: completamente quemada, casas, árboles, todo.

No quedaba nada.

No quedaba un alma.

Hervé Joncour permaneció inmóvil, mirando aquel enorme brasero apagado. Tenía tras de sí un camino de ocho mil kilómetros. Y delante de sí la nada. De repente vio algo que creía invisible.

El fin del mundo.

44

Hervé Joncour permaneció durante horas entre las ruinas de la aldea. No era capaz de marcharse aunque supiera que cada hora perdida allí podía significar el desastre para él, y para toda Lavilledieu: no tenía huevos de gusano, y aunque los hubiera encontrado, no le quedaban más que un par de meses para cruzar el mundo antes de que se abrieran, transformándose en un cúmulo de inútiles larvas. Un solo día de retraso podía significar el fin. Lo sabía, y sin embargo no era capaz de marcharse. De modo que permaneció allí hasta que aconteció una cosa sorprendente e irracional: de la nada, de repente, apareció un chico. Vestido con harapos, caminaba con lentitud, mirando fijamente al extranjero con el miedo en los ojos. Hervé Joncour no se movió. El chico dio algunos pasos más hacia adelante y se detuvo. Permanecieron así, contemplándose, a pocos metros uno del otro. Después, el chico sacó algo de debajo de sus harapos y, temblando de miedo, se acercó a Hervé Joncour y se lo dio. Un guante. Hervé Joncour recordó la orilla de un lago, y un vestido anaranjado abandonado en el suelo, y las pequeñas olas que depositaban el agua en la orilla, como enviadas allí, desde lejos. Cogió el guante y sonrió al chico.

–Soy yo, el francés..., el hombre de la seda, el francés, ¿me entiendes?..., soy yo.

El chico dejó de temblar.

–Francés...

Tenía los ojos brillantes, pero sonreía. Comenzó a hablar, velozmente, casi gritando, y a correr, haciendo gestos a Hervé Joncour para que le siguiera. Desapareció por un sendero que penetraba en el bosque, en dirección a las montañas.

Hervé Joncour no se movió. Daba vueltas entre las manos a aquel guante como si fuera la única cosa que le hubiera quedado de un mundo desaparecido. Sabía que era ya demasiado tarde. Y que no le quedaba elección.

Se levantó. Lentamente se acercó al caballo. Montó en la silla. Después hizo una cosa extraña. Apretó los talones contra el vientre del animal. Y partió. Hacia el bosque, detrás del chico, más allá del fin del mundo.

Viajaron durante días, hacia el norte, por las montañas. Hervé Joncour no sabía adónde se dirigían, pero dejó que el chico le guiara, sin intentar preguntarle nada. Encontraron dos aldeas. La gente se escondía en las casas. Las mujeres escapaban corriendo. El chico se divertía como un loco gritándoles cosas incomprensibles. No tenía más de catorce años. Tocaba constantemente un pequeño instrumento de bambú, con el que reproducía el canto de todos los pájaros del mundo. Tenía el aspecto de estar haciendo la cosa más hermosa de su vida.

El quinto día llegaron a la cima de una colina. El chico señaló un punto delante de ellos, en el camino que descendía hasta el valle. Hervé Joncour cogió el catalejo y lo que vio fue una especie de desfile: hombres armados, mujeres y niños, carros, animales. Una aldea entera en marcha. A caballo, vestido de negro, Hervé Joncour vio a Hara Kei. Detrás de él se balanceaba un palanquín cubierto en sus cuatro lados por telas de colores llamativos.

El chico descendió del caballo, dijo algo y se marchó corriendo. Antes de desaparecer entre los árboles se dio la vuelta y por un momento permaneció allí, buscando un ademán para decir que había sido un viaje bellísimo.

–Ha sido un viaje bellísimo –le gritó Hervé Joncour.

Durante todo el día Hervé Joncour siguió, de lejos, a la caravana. Cuando la vio detenerse para pasar la noche, continuó por el camino hasta que le salieron al encuentro dos hombres armados que le cogieron el caballo y el equipaje y le condujeron a una tienda. Esperó largo rato, después llegó Hara Kei. No hizo ningún gesto de saludo. Ni siquiera se sentó.

–¿Cómo habéis llegado hasta aquí, francés?

Hervé Joncour no contestó.

–Os he preguntado quién os ha traído hasta aquí.

Silencio.

–Aquí no hay nada para vos. Sólo hay guerra. Y no es vuestra guerra. Marchaos.

Hervé Joncour sacó una pequeña bolsa de

piel, la abrió y la vació en el suelo. Limaduras de oro.

—La guerra es un juego caro. Vos tenéis necesidad de mí. Y yo tengo necesidad de vos.

Hara Kei no miró siquiera el oro disperso por el suelo. Se dio la vuelta y se marchó.

Hervé Joncour pasó la noche en un extremo del campamento. Nadie le habló, nadie parecía verle. Todos dormían en el suelo, junto a las hogueras. Sólo había dos tiendas. Junto a una de ellas, Hervé Joncour vio el palanquín, vacío; suspendidas de las cuatro esquinas había unas pequeñas jaulas: pájaros. De los barrotes de las jaulas colgaban minúsculas campanitas de oro. Sonaban, ligeras, en la brisa de la noche.

Cuando despertó vio que en torno a él la aldea estaba a punto de ponerse en marcha. Las tiendas ya no estaban. El palanquín permanecía todavía allí, abierto. La gente subía a los carros, silenciosa. Se levantó y miró a su alrededor largo rato, pero los únicos ojos que se cruzaban con los suyos eran de sesgo oriental, y se inclinaban enseguida. Vio hombres armados y niños que no lloraban. Vio los rostros mudos que tiene la gente cuando es gente que huye. Y vio un árbol al borde del camino. Y colgado de una rama, ahorcado, al chico que le había conducido hasta allí.

Hervé Joncour se acercó y durante unos instantes permaneció mirándole, como hipnotizado. Después desató la cuerda atada al árbol, recogió el cuerpo del chico, lo depositó en el suelo y se arrodilló a su lado. No conseguía apartar los ojos de aquel rostro. De este modo, no vio que la aldea se ponía en marcha, sino que alcanzó a oír solamente, como lejano, el bullicio de aquella procesión que desfilaba rozándole por el camino. Ni siquiera levantó la vista cuando oyó la voz de Hara Kei, a un paso de él, que decía

—El Japón es un país antiguo, ¿sabéis? Sus leyes son antiguas: dicen que hay doce crímenes por los que es lícito condenar a muerte a un hombre. Y uno de ellos es llevar un mensaje de amor de la propia ama.

Hervé Joncour no apartó los ojos de aquel chico asesinado.

—No llevaba mensajes de amor consigo.

—Él *era* un mensaje de amor.

Hervé Joncour notó cómo algo le presionaba la cabeza y le obligaba a inclinarla hacia el suelo.

—Es un fusil, francés. No levantéis la vista, os lo ruego.

Hervé Joncour tardó en comprender. Después oyó, entre el murmullo de aquella procesión que huía, el sonido dorado de miles de minúsculas campanillas que se acercaba, poco a poco, avanzaba por el camino hacia él, paso a paso, y aunque en sus ojos no hubiera más que aquella tierra oscura, podía imaginar el palanquín, balanceándose como un péndulo, y casi verlo recorrer el camino metro tras metro, acercándose, lenta pero implacablemente, llevado por aquel sonido, que se hacía cada vez más fuerte, intolerablemente fuerte, cada vez más cerca, tan cerca que podía rozarlo, un dorado estruendo, justo delante de él, ahora sí, exactamente delante de él —en aquel momento— aquella mujer —delante de él.

Hervé Joncour levantó la cabeza.

Telas maravillosas, seda, todas alrededor del palanquín, miles de colores, naranja, blanco, ocre, plateado, ni una ranura en aquel nido maravilloso, sólo el susurro de aquellos colores ondeando en el aire, impenetrables, más ligeros que la nada.

Hervé Joncour no sintió que ninguna explosión deshiciera su vida. Sintió cómo aquel sonido se alejaba, que el cañón del fusil se separaba de él y la voz de Hara Kei que decía despacio

—Marchaos, francés. Y no volváis nunca más.

Solamente silencio a lo largo del camino. El cuerpo de un chico en el suelo. Un hombre arrodillado. Hasta las últimas luces del día.

Hervé Joncour tardó once días en llegar hasta Yokohama. Sobornó a un funcionario japonés y se procuró dieciséis cartones de huevos de gusanos, provenientes del sur de la isla. Los envolvió en paños de seda y los selló en cuatro cajas de madera redondas. Encontró un pasaje para el continente y a primeros de marzo llegó a la costa rusa. Escogió la ruta más septentrional, intentando que el frío protegiera la vida de los huevos y alargara el tiempo que quedaba antes de que se abriesen. Atravesó a marchas forzadas cuatro mil kilometros de Siberia, cruzó los Urales y llegó a San Petersburgo. Compró a peso de oro quintales de hielo y los embarcó junto a los huevos en la bodega de un barco mercante que se dirigía a Hamburgo. Tardó seis días en llegar. Descargó las cuatro cajas de madera redondas y subió a un tren que se dirigía al sur. Tras once horas de viaje, justo a la salida de un pueblo que se llamaba Eberfeld, el tren se detuvo para repostar agua. Hervé Joncour miró a su alrededor. El sol estival caía a plomo sobre los campos de

trigo y sobre el mundo entero. Sentado frente a
él había un comerciante ruso: se había quitado
los zapatos y se abanicaba con la última página
de un periódico escrito en alemán. Hervé Joncour lo miró fijamente. Vio las manchas de su-
dor en su camisa y las gotas que le perlaban la
frente y el cuello. El ruso dijo algo, riendo.
Hervé Joncour le sonrió, se levantó, cogió su
equipaje y bajó del tren. Lo recorrió hasta el último vagón, un furgón de mercancías que
transportaba, conservados en hielo, pescado y
carne. De él caía agua como de un cubo acribi-
llado por miles de proyectiles. Abrió la portezuela, subió al vagón y recogió, una tras otra,
sus cajas de madera redondas, las sacó fuera y
las depositó en el suelo, al lado del andén. Después cerró la portezuela y esperó. Cuando el
tren estuvo listo para partir le gritaron que se
diera prisa y subiera. Él respondió sacudiendo
la cabeza y esbozando un gesto de despedida.
Vio cómo se alejaba el tren y a continuación
desaparecía. Esperó hasta que no se oyó el más
mínimo rumor. Después se inclinó sobre una
de las cajas de madera, quitó los sellos y la
abrió. Hizo lo mismo con las otras tres. Lentamente, con cuidado.

Millones de larvas. Muertas.

Era el 6 de mayo de 1865.

Hervé Joncour entró en Lavilledieu nueve días más tarde. Su mujer, Hélène, vio desde lejos la carroza que subía por el paseo arbolado de la villa. Se dijo que no debía llorar y que no debía huir.

Bajó hasta la puerta de entrada, la abrió y se detuvo en el umbral.

Cuando Hervé Joncour llegó hasta ella, sonrió. Él, abrazándola, le dijo en voz baja

–Quédate conmigo, te lo ruego.

Durante la noche permanecieron despiertos hasta tarde, sentados en el césped de delante de su casa, uno junto a otro. Hélène le habló de Lavilledieu y de todos aquellos meses pasados esperándole, y de los últimos días, horribles.

–Tú estabas muerto.

Dijo.

–Y no quedaba ya nada hermoso en el mundo.

En las granjas, en Lavilledieu, la gente miraba las moreras, cargadas de flores, y veía su propia ruina. Baldabiou había encontrado algunas partidas de huevos, pero las larvas morían apenas salían a la luz. La tosca seda que se consiguió extraer de las pocas supervivientes apenas llegaba para dar trabajo a dos de las siete hilanderías del pueblo.

—¿Tienes alguna idea? —preguntó Baldabiou.

—Una —respondió Hervé Joncour.

Al día siguiente comunicó que haría construir, durante aquellos meses de verano, el parque de su villa. Contrató a hombres y mujeres del pueblo a decenas. Desboscaron la colina y redondearon su perfil, haciendo más suave la pendiente que conducía al valle. Con árboles y setos diseñaron en la tierra laberintos leves y transparentes. Con flores de todas clases construyeron jardines que se abrían como claros, por sorpresa, en el corazón de pequeños bosques de abedules. Trajeron el agua desde el río y la hicieron descender, de fuente en fuente, hasta el extremo occidental del parque, donde se recogía en un pequeño lago, rodeado de prados. Al sur, en medio de los limoneros y los olivos, construyeron una gran pajarera de madera y hierro: parecía un bordado suspendido en el aire.

Trabajaron durante cuatro meses. A finales de septiembre el parque estaba listo. Nadie en Lavilledieu había visto nunca nada semejante. Se decía que Hervé Joncour se había gastado todo su capital. Se decía también que había vuelto distinto, enfermo quizá, del Japón. Se decía que había vendido los huevos a los italianos y ahora poseía un patrimonio en oro que le estaba aguardando en los bancos de París. Se decía que si no hubiera sido por el parque habrían muerto de hambre aquel año. Se decía que era un estafador. Se decía que era un santo. Había quien decía: Tiene algo dentro, una suerte de infelicidad.

Lo único que Hervé Joncour dijo de su viaje fue que los huevos se habían abierto en un pueblo cercano a Colonia, y que ese pueblo se llamaba Eberfeld.

Cuatro meses y trece días después de su regreso, Baldabiou se sentó frente a él, a orillas del lago, en el extremo ocidental del parque, y le dijo

—Total, a alguien tendrás que contarle, antes o después, la verdad.

Lo dijo despacio, con fatiga, porque nunca había creído que la verdad sirviera para nada.

Hervé Joncour levantó la vista hacia el parque.

A su alrededor campeaba el otoño y una luz falsa.

—La primera vez que vi a Hara Kei llevaba una túnica oscura, estaba sentado con las piernas cruzadas, inmóvil, a un lado de la habitación. Reclinada junto a él, con la cabeza apoyada en su regazo, había una mujer. Sus ojos no tenían sesgo oriental, y su rostro era el rostro de una muchacha.

Baldabiou siguió escuchando, en silencio, hasta el final, hasta el tren de Eberfeld.

No pensaba en nada.

Escuchaba.

Le hizo daño oír, al final, cómo Hervé Joncour decía en voz baja

−Ni siquiera llegue a oír nunca su voz.

Y al cabo de un momento:

−Es un dolor extraño.

En voz baja.

−Morir de nostalgia por algo que no vivirás nunca.

Recorrieron el parque caminando uno junto al otro. Lo único que Baldabiou dijo, fue

−Pero ¿por qué diablos hace este maldito frío?

Dijo, una vez.

A principios del nuevo año −1866− el Japón declaró oficialmente lícita la exportación de huevos de gusanos de seda.

En el decenio siguiente Francia sola llegaría a importar huevos japoneses por valor de diez millones de francos.

A partir de 1869, por lo demás, con la apertura del Canal de Suez, llegar al Japón no comportaría más de veinte días de viaje. Y volver, poco menos de veinte.

La seda artificial sería patentada, en 1884, por un francés que se llamaba Chardonnet.

Seis meses después de su regreso a Lavilledieu, Hervé Joncour recibió por correo un sobre color mostaza. Cuando lo abrió halló siete
hojas de papel cubiertas por una densa y geo-
métrica escritura: tinta negra, ideogramas japoneses. Aparte del nombre y la dirección, en el
sobre no había una sola palabra escrita en ca-
racteres occidentales. Por los sellos, la carta
parecía provenir de Ostende.

Hervé Joncour la hojeó y la observó largo
rato. Parecía un catálogo de huellas de pequeños pájaros, compilado con meticulosa locura.
Era sorprendente pensar que, por el contrario,
eran signos, es decir, cenizas de una voz
quemada.

Durante días y días, Hervé Joncour llevó la carta consigo, doblada por la mitad, metida en el bolsillo. Si se cambiaba de traje, la traspasaba al nuevo. No la abría nunca para mirarla. De vez en cuando la sostenía en la mano, mientras hablaba con un aparcero o esperaba que llegara la hora de cenar sentado en la galería. Una noche empezó a observarla a contraluz en la lámpara de su despacho. En transparencia, las huellas de los minúsculos pájaros hablaban con voz desenfocada. Decían algo absolutamente insignificante o algo capaz de desquiciar una vida: no era posible saberlo, y eso le gustaba a Hervé Joncour. Oyó que Hélène venía. Dejó la carta sobre la mesa. Ella se acercó y, como todas las noches, antes de retirarse a su habitación hizo ademán de besarlo. Cuando se inclinó hacia él, el camisón se le entreabrió apenas, a la altura del pecho. Hervé Joncour vio que no llevaba nada debajo, y que sus senos eran pequeños y blancos como los de una muchacha.

Durante cuatro días siguió con su vida habitual, sin alterar en nada los prudentes ritos de sus jornadas. La mañana del quinto día se puso un elegante traje gris y partió hacia Nîmes. Dijo que volvería antes de anochecer.

En la rue Moscat, en el 12, todo estaba igual que tres años antes. La fiesta no había acabado todavía. Las chicas eran todas jóvenes y francesas. El pianista tocaba, en sordina, motivos que tenían un aire ruso. Tal vez fuera la vejez, tal vez algún cobarde dolor: al final de cada pieza no se pasaba ya la mano derecha por los cabellos ni murmuraba, en voz baja,

–*Voilà*.

Permanecía mudo, mirándose desconcertado las manos.

Madame Blanche le recibió sin decir una palabra. El cabello negro, reluciente, el rostro oriental, perfecto. Pequeñas flores azules en los dedos, como si fueran anillos. Un vestido largo, blanco, casi transparente. Los pies desnudos.

Hervé Joncour se sentó frente a ella. Sacó de un bolsillo la carta.

—¿Os acordáis de mí?

Madame Blanche asintió con un milimétrico gesto de la cabeza.

—Os necesito otra vez.

Le tendió la carta. Ella no tenía ninguna razón para hacerlo, pero la cogió y la abrió. Miró las siete hojas, una a una, después levantó la vista hacia Hervé Joncour.

—Yo no amo esta lengua, *monsieur*. Quiero olvidarla, y quiero olvidar aquella tierra, y mi vida allí, y todo.

Hervé Joncour permaneció inmóvil, con las manos aferradas a los brazos del sillón.

—Voy a leer por vos esta carta. Lo haré. Y no quiero dinero. Pero quiero una promesa: no volváis jamás a pedirme esto.

—Os lo prometo, *madame*.

Ella le miró fijamente a los ojos. Después bajó la vista hacia la primera página de la carta, papel de arroz, tinta negra.

—*Amado señor mío*

Dijo

—*no tengas miedo, no te muevas, permanece en silencio, nadie nos verá.*

Sigue así, quiero mirarte, yo te he mirado
mucho, pero no eras para mí, ahora eres para
mí, no te acerques, te lo ruego, quédate donde
estás, tenemos una noche para nosotros, y yo
quiero mirarte, nunca te he visto así, tu cuerpo
para mí, tu piel, cierra los ojos, y acaríciate, te
lo ruego,
   dijo Madame Blanche, Hervé Joncour escuchaba,
no abras los ojos si te es posible, y acaríciate,
son tan hermosas tus manos, he soñado con
ellas tantas veces, ahora las quiero ver, me
gusta verlas sobre tu piel, así, te lo ruego, conti-
núa, no abras los ojos, yo estoy aquí, nadie nos
puede ver y yo estoy cerca de ti, acaríciate,
amado señor mío, acaricia tu sexo, te lo ruego,
despacio,
   ella se detuvo, Continuad, os lo ruego, dijo
él,
es hermosa tu mano en tu sexo, no te detengas,
a mí me gusta mirarla y mirarte, amado señor
mío, no abras los ojos, todavía no, no debes te-
ner miedo, estoy cerca de ti, ¿me sientes?, estoy

aquí, te puedo rozar, esto es seda, ¿la sientes?,
es la seda de mi vestido, no abras los ojos y ten-
drás mi piel,

dijo ella, leía despacio, con una voz de mujer niña,

tendrás mis labios, cuando te toque por primera
vez será con mis labios, tú no sabrás dónde, de
repente sentirás el calor de mis labios sobre ti,
no puedes saber dónde si no abres los ojos, no
los abras, sentirás mi boca donde no sabes, de
repente,

él escuchaba inmóvil, del bolsillo de su traje
gris sobresalía un pañuelo blanco, cándido,

tal vez sea en tus ojos, apoyaré mi boca sobre
los párpados y las pestañas, sentirás entrar el
calor en tu cabeza, y mis labios en tus ojos, den-
tro, o tal vez sea en tu sexo, apoyaré mis labios,
allá abajo, y los abriré bajando poco a poco,

dijo ella, tenía la cabeza reclinada sobre las
hojas, y con una mano se rozaba el cuello, lentamente,

dejaré que tu sexo entreabra mi boca, entrando
entre mis labios, y empujando mi lengua, mi sa-
liva descenderá por tu piel hasta tu mano, mi
beso y tu mano, uno dentro de la otra, sobre tu
sexo.

él escuchaba, mantenía la vista fija en un
marco de plata, vacío, colgado de la pared,

hasta que al final te bese en el corazón, porque

te deseo, morderé la piel que late sobre tu cora-
zón, porque te deseo, y con el corazón entre mis
labios tú serás mío de verdad, con mi boca en el
corazón tú serás mío para siempre, si no me
crees abre los ojos, amado señor mío, y mírame,
soy yo, quién podrá borrar este instante que su-
cede, y este cuerpo mío ya sin seda, tus manos
que lo tocan, tus ojos que lo miran,

dijo ella, se había inclinado hacia la lámpara, la luz se reflejaba en las hojas y pasaba a
través de su vestido transparente,

tus dedos en mi sexo, tu lengua sobre mis labios,
tú que te deslizas debajo de mí, aferras mis ca-
deras, me levantas, dejas que me deslice sobre
tu sexo, despacio, quién podrá borrar esto, tú
dentro de mí moviéndote lentamente, tus manos
en mi rostro, tus dedos en mi boca, el placer en
tus ojos, tu voz, te mueves lentamente pero
hasta hacerme daño, mi placer, mi voz,

él escuchaba, de pronto se volvió a mirarla,
la vio, quiso bajar los ojos pero no lo consiguió,
mi cuerpo sobre el tuyo, tu espalda que me alza,
tus brazos que no dejan que me marche, los gol-
pes dentro de mí, es violencia dulce, veo tus
ojos que buscan en los míos, quieren saber
hasta dónde hacerme daño, hasta donde quie-
ras, amado señor mío, no hay final, no acabará,
¿lo ves?, nadie podrá borrar este instante que su-
cede, para siempre echarás la cabeza hacia

atrás, gritando, para siempre cerraré los ojos se-
parando las lágrimas de mis pestañas, mi voz
dentro de la tuya, tu violencia que me tiene afe-
rrada, no queda ya tiempo para huir ni fuerza
para resistirse, tenía que ser este instante, y este
instante es, créeme, amado señor mío, este ins-
tante existirá, de ahora en adelante, existirá,
hasta el final,

dijo ella, con un hilo de voz, después se detuvo.

No había más signos en la hoja que tenía en la mano: la última. Pero cuando le dio la vuelta para dejarla vio en el envés unas líneas más, ordenadas, tinta negra en el centro de la página blanca. Alzó la vista hacia Hervé Joncour. Sus ojos la miraban fijamente y ella percibió que eran unos ojos bellísimos. Volvió a bajar la vista hacia la hoja.

—*No nos veremos más, señor.*

Dijo.

—*Lo que era para nosotros, lo hemos hecho, y vos lo sabéis. Creedme: lo hemos hecho para siempre. Preservad vuestra vida resguardada de mí. Y no dudéis un instante, si fuese útil para vuestra felicidad, en olvidar a esta mujer que ahora os dice, sin añoranza, adiós.*

Permaneció unos instantes mirando la hoja, después la colocó sobre las demás, a su lado, sobre una mesita de madera clara. Hervé Joncour no se movió. Sólo giró la cabeza y bajó la mirada. Se encontró mirando fijamente la raya de los pantalones, apenas esbozada pero perfecta, en la pierna derecha, desde la ingle a la rodilla, imperturbable.

Madame Blanche se levantó, se inclinó sobre la lámpara y la apagó. En la habitación quedó la escasa luz que desde el salón, a través de la ventana, llegaba hasta allí. Se acercó a Hervé Joncour, se quitó del dedo un anillo de diminutas flores azules y lo dejó junto a él. Después cruzó la habitación, abrió una pequeña puerta pintada, camuflada en la pared, y desapareció, dejándola entreabierta tras de sí.

Hervé Joncour permaneció largo rato en aquella extraña luz, dando vueltas entre los dedos a un anillo de minúsculas flores azules. Del salón llegaban las notas de un piano cansado: disolvían el tiempo, que ya casi no se reconocía.

Al final se levantó, se acercó a la mesita de madera clara, recogió las siete hojas de papel de arroz. Cruzó la habitación, pasó sin darse la vuelta ante la pequeña puerta entreabierta, y se marchó.

Hervé Joncour pasó los años que siguieron escogiendo para sí la vida límpida de un hombre ya sin necesidades. Sus días transcurrían bajo la tutela de una mesurada emoción. En Lavilledieu la gente volvió a admirarle, porque en él les parecía advertir un modo *exacto* de estar en el mundo. Decían que era así también de joven, antes del Japón.

Con su mujer, Hélène, tomó la costumbre de realizar, cada año, un pequeño viaje. Vieron Nápoles, Roma, Madrid, Munich, Londres. Un año llegaron hasta Praga, donde todo parecía teatro. Viajaban sin fechas y sin programas. Todo les sorprendía; en secreto, incluso su propia felicidad. Cuando sentían nostalgia del silencio, volvían a Lavilledieu.

Si se lo hubieran preguntado, Hervé Joncour habría respondido que vivirían así para siempre. Tenía consigo la indestructible calma de los hombres que se sienten en su lugar. De vez en cuando, en los días de viento, bajaba a través del parque hasta el lago, y permanecía allí durante horas, en la orilla, mirando cómo la superficie del agua se agitaba, formando figuras imprevisibles que brillaban sin orden en todas direcciones. El viento era uno solo, pero sobre aquel espejo de agua parecían miles los que soplaban. De todas partes. Un espectáculo. Leve e inexplicable.

De vez en cuando, en los días de viento, Hervé Joncour bajaba hasta el lago y pasaba horas mirándolo, puesto que, dibujado en el agua, le parecía ver el inexplicable espectáculo, leve, que había sido su vida.

El 16 de junio de 1871, en la trastienda del café de Verdun, poco antes del mediodía, el manco acertó un golpe a cuatro bandas imposible, con efecto de retorno. Baldabiou permaneció inclinado sobre la mesa, con una mano detrás de la espalda, la otra aferrada al taco, incrédulo.

–Pero bueno.

Se levantó, dejó el taco y salió sin despedirse. Tres días más tarde, partió. Regaló sus dos hilanderías a Hervé Joncour.

–No quiero saber nada más de la seda, Baldabiou.

–Véndelas, idiota.

Nadie consiguió sacarle adónde diablos tenía previsto ir. Y a hacer qué, tampoco. Se limitó a decir algo sobre Santa Inés que nadie entendió bien.

La mañana en la que partió, Hervé Joncour le acompañó, junto con Hélène, hasta la estación de tren de Avignon. Llevaba consigo una sola maleta, y esto también era relativamente inexplicable. Cuando vio el tren, parado en el andén, depositó la maleta en el suelo.

–Una vez conocí a uno que se había hecho construir una vía de ferrocarril sólo para él.

Dijo.

–Y lo mejor es que se la había hecho construir toda recta, centenares de kilómetros sin una curva. Había incluso un porqué, pero no lo recuerdo. Nunca se recuerdan los porqués. En fin, adiós.

No estaba hecho para las conversaciones serias. Y un adiós es una conversación seria.

Le vieron alejarse, a él y su maleta, para siempre.

Entonces Hélène hizo algo extraño. Se separó de Hervé Joncour y corrió tras él hasta alcanzarle, y le abrazó fuerte, y mientras le abrazaba, rompió a llorar.

No lloraba nunca, Hélène.

Hervé Joncour vendió a un precio ridículo las dos hilanderías a Michel Lariot, un buen hombre que durante veinte años había jugado al dominó, cada sábado por la noche, con Baldabiou, perdiendo siempre, con granítica coherencia. Tenía tres hijas. Las dos primeras se llamaban Florence y Sylvie. Pero la tercera, Inés.

Tres años después, en el invierno de 1874, Hélène enfermó de unas fiebres cerebrales que ningún médico consiguió explicar ni curar. Murió a principios de marzo, un día en que llovía.

A acompañarla, en silencio, por la alameda del cementerio, acudió toda Lavilledieu: porque era una mujer apacible, que no había sembrado dolor.

Hervé Joncour hizo esculpir sobre su tumba una sola palabra.

Hélas.

Dio las gracias a todos, dijo mil veces que no necesitaba nada y volvió a su casa. Jamás ésta le había parecido tan grande; y jamás tan ilógico su destino.

Puesto que la desesperación era un exceso que no le pertenecía, se volvió hacia lo que había quedado de su vida y empezó de nuevo a ocuparse de ello, con la inquebrantable tenacidad de un jardinero en su trabajo la mañana siguiente a una tempestad.

Dos meses y once días después de la muerte de Hélène le aconteció a Hervé Joncour que, al acudir al cementerio, halló, junto a las rosas que cada semana depositaba sobre la tumba de su mujer, una coronita de minúsculas flores azules. Se inclinó para observarlas y permaneció largo rato en aquella postura, que desde lejos no habría dejado de resultar, a los ojos de eventuales testigos, notablemente singular, e incluso ridícula. Al volver a casa, en vez de salir a trabajar al parque, como era su costumbre, permaneció en su despacho, pensando. No hizo otra cosa durante días. Pensar.

En la rue Moscat, en el 12, se encontró con el taller de un sastre. Le dijeron que Madame Blanche no vivía allí desde hacía años. Consiguió averiguar que se había mudado a París, donde se había convertido en mantenida de un hombre muy importante, un político, quizá.

Hervé Joncour se fue a París.

Tardó seis días en descubrir dónde vivía. Le envió una nota, rogándole que le recibiera. Ella le respondió que le esperaba a las cuatro del día siguiente. Con puntualidad, él subió al segundo piso de un elegante edificio en el boulevard des Capucines. Le abrió la puerta una camarera. Lo condujo al salón y le rogó que se acomodara. Madame Blanche apareció vestida con un traje muy elegante y muy francés. Llevaba el pelo suelto sobre los hombros, como exigía la moda parisina. No llevaba anillos de flores azules en los dedos. Se sentó enfrente de Hervé Joncour sin decir una palabra. Y se quedó esperando.

Él la miró a los ojos. Pero como habría podido hacerlo un niño.

—Aquella carta la escribisteis vos, ¿verdad? Dijo.

—Hélène os pidió que la escribierais y vos lo hicisteis.

Madame Blanche permaneció inmóvil, sin bajar la vista, sin revelar el más mínimo estupor.

Después, lo que dijo fue

—No fui yo quien la escribió.

Silencio.

—Aquella carta la escribió Hélène.

Silencio.

—La traía ya escrita cuando vino a verme. Me pidió que la copiara en japonés. Y yo lo hice. Ésa es la verdad.

Hervé Joncour comprendió en aquel instante que continuaría oyendo aquellas palabras durante el resto de su vida. Se levantó, pero permaneció quieto, en pie, como si hubiera olvidado, de repente, adónde iba. Le llegó, como de lejos, la voz de Madame Blanche.

—Quiso incluso leérmela, aquella carta. Tenía una voz muy hermosa. Y leía aquellas palabras con una emoción que no he conseguido olvidar. Era como si fueran de verdad suyas.

Hervé Joncour estaba cruzando la habitación con pasos lentísimos.

—¿Sabéis, *monsieur*?, yo creo que ella hubiera deseado, más que cualquier otra cosa, *ser aquella mujer*. Vos no podéis comprenderlo. Pero yo la oí leer aquella carta. Yo sé que es así.

Hervé Joncour había llegado a la puerta. Apoyó la mano en el picaporte. Sin darse la vuelta, dijo suavemente

—Adiós, *madame*.

No volvieron a verse nunca más.

Hervé Joncour vivió todavía veintitrés años más, la mayor parte de ellos con serenidad y buena salud. No volvió a alejarse de Lavilledieu ni abandonó jamás su casa. Administraba sabiamente sus haberes, y ello le mantuvo para siempre al abrigo de cualquier ocupación que no fuera el cuidado de su parque. Con el tiempo, empezó a concederse un placer que antes se había negado siempre: a quienes venían a visitarle les relataba sus viajes. Escuchándole, la gente de Lavilledieu aprendía el mundo y los niños descubrían lo que era la maravilla. Él narraba despacio, mirando en el aire cosas que los demás no veían.

El domingo se dejaba caer por el pueblo, para la misa mayor. Una vez al año recorría las hilanderías, para tocar la seda que acababa de nacer. Cuando la soledad le oprimía el corazón, subía hasta el cementerio para hablar con Hélène. El resto de su tiempo lo consumía en una liturgia de costumbres que conseguía preservarle de la infelicidad. De vez en cuando, en los días de viento, bajaba hasta el lago, y pasaba

124

horas mirándolo, puesto que, dibujado en el agua, le parecía ver el inexplicable espectáculo, leve, que había sido su vida.